單腳麻雀媽媽

かたあしの母すずめ

文｜椋鳩十　圖｜鄭潔文

譯｜陳瀅如

步步出版

飄呀飄、

飄呀飄、飄

落下來……

空中飄散著柳樹

的花粉，一抹金黃。

戴著金邊眼鏡的黑斑蛙，

雙手立在帶紫色的土壤上，早在兩三天前就開始鳴唱著春天的歌曲。庭院延伸出去的田地裡，遍地盛開著油菜花，形成一片璀璨的金黃花海。突然間，就像金色塵埃般，油菜花一舉在空中飛舞了起來。

原來是一群麻雀，像是受到了什麼驚嚇，驟然間「咻」的從油菜花田飛竄出來。

這群麻雀算是我家的房客。該怎麼說呢？因為牠們都在我家的茅草屋簷下築巢啊！

總共有五個鳥巢，大都築在南邊的屋簷下。

我每天坐在書桌前，一直觀望著這群麻雀。到後來，我還可以分辨出哪一隻是住在哪一個窩的房客。

當中，一看就知道的是住在最西邊的房客。那是一隻單腳麻雀。也許牠是在幼鳥時期，被野鼠咬斷了另一隻腳。

麻雀的築巢方式大

都相同，主要是用掉落在
馬房或穀倉前的稻草來編織，
都是從側邊開口飛入的結構。
不過，唯獨這隻單腳麻雀與眾
不同，牠獨具匠心與美感，只收
集白色羽毛鋪在稻草上。

我家的雞舍裡，明明除了白色羽毛的來亨雞之外，還有褐色羽毛的九斤黃雞和黑色羽毛的米諾克雞，而這隻單腳麻雀的巢中，連一根不是白色的羽毛都看不到。由此可知牠有自己的喜好與堅持。

此外，這隻單腳麻雀還特別勤快。

當其他的麻雀還只築巢到一半，這隻單腳麻雀早就完工了。

我經常趁麻雀不在的時候，靜悄悄的觀察牠們的巢。遠望著這群小房客靈巧的築好巢，這已成為我生活中的

一種樂趣。

這天，如同往常，我跑去單腳麻雀的巢看一看。

「哇！」

不由得歡喜的叫出聲來。

巢的正中央，
有一顆小指尖
一般大小的鳥
蛋，看起來
無比可愛！
一縷陽光從

縫隙透了進來，照映在小小鳥蛋上。在白色羽毛溫暖包覆下，小小鳥蛋微微散發出金色光芒。

彷彿置身在童話故事裡，總覺得小小鳥蛋正對著我說：

「嗨！你好！」

第二天傍晚時分。

竟然有一條

黑烏烏、滑溜溜的傢伙，正從單腳麻雀的巢裡爬出來。

那是我們當地叫做「偷蛋蛇」，身體細細長長、全身烏漆抹黑的蛇。

我心頭一震，飛快找了根棍棒追趕出去，但是蛇早已消失不見了。

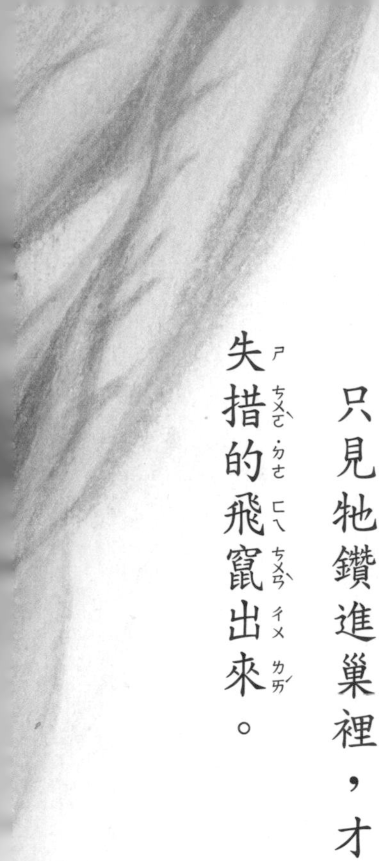

我趕緊架好梯子，往巢內一看，裡頭混亂不堪，美麗的小小鳥蛋也不見蹤影。

過不久，單腳麻雀回來了。

只見牠鑽進巢裡，才一下子就驚慌失措的飛竄出來。

牠飛上屋頂的最頂端，憑著單隻腳撐起那無力的身體，嘰——嘰——，垂頭喪氣的低聲啜泣。無比哀戚的悲鳴聲。

單腳麻雀之後又飛回鳥巢洞口兩次，可能巢內還留有那條蛇的氣味，

牠怎麼也走不進去，就這樣從洞口又
折返飛回屋頂上，失了神般垂頭站立
在最頂端。

天色漸漸暗去，單腳麻雀仍無力的
悲鳴不已。

入夜了。

我心裡掛念著單腳麻雀，便走出門外探頭一看。

天邊一輪明月。月光下，單腳麻雀孤零零的站在屋頂的最頂端。

怕牠會被貓頭鷹襲擊，「噓！噓！」我輕聲呼喚，只見牠動也不

動。過度悲傷下，單腳麻雀似乎已經耗盡了體力。

第二天一大清早，我比平常更早起床，立刻跑去看牠。可是屋頂上、田地裡，都沒看到那隻單腳麻雀。

我找了一整天，再也沒看到牠的身

影。

「到頭來牠還是被貓頭鷹吃掉了啊！」

一股孤獨憂傷的心情湧上心頭。

「啊唷！」

我驚訝的大喊一聲。

那已是三天後的早晨。

我發現有一隻麻雀從我的雞舍飛走，嘴巴還銜著白色羽毛。仔細一看，的確就是那隻單腳麻雀！

我家隔壁有一棟空了半年都沒人住的房子，單腳麻雀

就在那棟空房子的浴室煙囪裡築了一個巢。一天至少飛進飛出雞舍一、二十次，辛勤的進行築巢工作。

每天早晨，單腳麻雀

都會站在煙囪上，啾啾啾的唱著歌，看來牠又重新燃起了希望。

遙望單腳麻雀高高站在那煙囪的頂端，晨風吹拂下、朝日映照下，抬頭挺胸、滿懷希望的唱著歌，這已成為我每天早上的一大樂事。

然而，一天傍晚時分，我從工作地點回到家後，發現隔壁空房子裡傳來熱鬧的聲響。

啊！對了！昨天才聽說有一位小學老師要搬來這間空房子，沒想到就是今天入住啊！

「都已相隔半年，才有這位新鄰居哪！」

我自言自語說著，不經意抬頭望向隔壁屋頂。鄰居家的浴室煙囪正冒出滾滾黑煙，原來隔壁在燒洗澡水啊！

「唉呀！單腳麻雀的巢就在那個煙囪裡啊！」

才這麼想，裡頭就傳出「嘰——！

嘰嘰嘰——！」的慘叫聲。單腳麻雀突破濃煙、一飛衝天，使勁拍打翅膀，高高飛向天際，最後身影消失

在紫色彩霞中。

真是命運坎坷的單腳麻雀啊！

「啾，啾啾啾！啾，啾啾啾！」

我聽到熟悉的叫聲，是那隻已經兩三天沒看到的單腳麻雀！

「噢！」走出門外一看，在屋簷和收納防雨門板之間的縫隙中，有一隻可愛的麻雀，不停探出頭來。

果真就是那隻單腳麻雀。

「嗨！」

我好像遇見老朋友，開心舉起手跟牠打招呼。單腳麻雀似乎嚇了一跳，揮動翅膀飛到雞舍屋頂上了。

我立刻架好梯子，往那個縫隙一瞧。

單腳麻雀又重新築起一個新巢。

真是一隻不知「絕望」的單腳麻雀啊！

牠勤奮的忙上忙下。築好巢後，還鋪上了白色羽毛。

這次在鳥巢正中央，看到單腳麻雀產下的三顆美麗的蛋。過不久，蛋中孵化出三隻可愛的小麻雀。

天還沒亮，單腳麻雀就帶食物回來餵哺小麻雀。小麻雀們奮力張大嘴

巴，吱吱喳喳的吵著跟媽媽要食物吃。

單腳麻雀築的新巢，就位在我的臥房外簷和收納防雨門板的縫隙內。

某天早晨，我被一陣尖銳的麻雀叫

聲吵醒。那不像是平白無故亂叫的聲音。我趕緊拉開防雨門板，跑到門外一探究竟。

沒錯，就是那隻單腳麻雀，拼死拼活的奮力拍動翅膀，正猛烈攻擊某樣東西。

對手是一條黑蛇。

就是上次那條可惡至極的「偷蛋蛇」。黑蛇又揚起鐮刀般的長脖子，準備要吞食小麻雀。

這次，單腳麻雀可不是那一聞到黑蛇氣味就全身害怕到顫抖不止的麻雀了。

牠彷彿化身成一團火球，奮不顧身的撲向敵人，猛烈攻擊黑蛇的頭部。

黑蛇也以閃電般的速度，揮動鐮刀般的長脖子咬向對方。

單腳麻雀的胸前白毛「唰！」的散

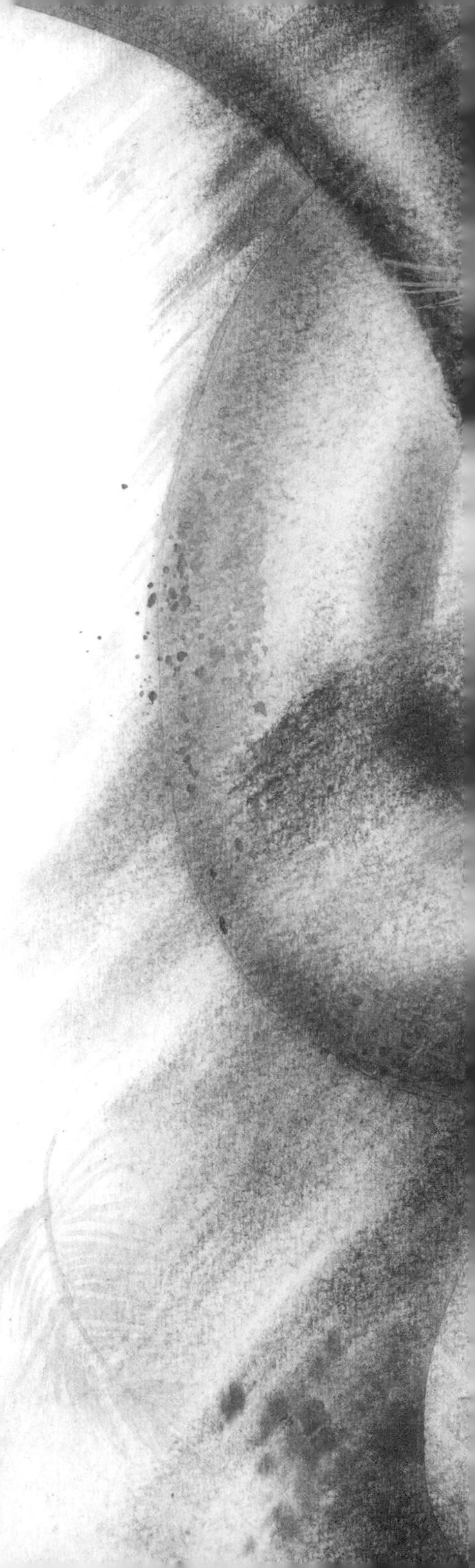

落一地。即使如此，單腳麻雀一點也不畏懼退縮。

只見牠一下飛遠逃開、一下貼身攻擊，完全沒有留下喘息的空間，沒命似的撲向強敵。每次的衝撞攻擊，胸前的羽毛又會掉落許多，甚至前胸都快見骨了！即便如此，單腳麻雀還是全力猛攻，完全不停歇，愈戰愈勇。當下連發出叫聲的氣力都沒有，單腳麻雀還是堅持繼續對戰下去。我實在看不下去了，想要幫忙打掉黑蛇，當我把棍棒拿來時，黑蛇那鐮刀般的長脖子早已無力的垂了下來。單腳麻雀仍不放棄這最佳時機，來個最後猛烈一擊。

再怎樣強勢的黑蛇，眼前已徹頭徹尾的輸了，啪搭一聲，從收納防雨門板的上方，墜落到屋前地面上，黑色身軀已像一根棍棒般伸得長長的。

我靠近仔細一看，黑蛇的雙眼已經被單腳麻雀給啄瞎了。

我的單腳麻雀啊，單腳直挺挺的站立在收納防雨門板的上方，高聲宏亮

的唱出勝利之歌。
啾，啾啾啾！
啾，啾啾啾！

過沒一會兒，單腳麻雀媽媽似乎想起三隻小麻雀的吃飯時間快到了，挺起對戰後疲憊不已的身體，瞬間飛進那片金色油菜花田裡。

【導讀】

在無條件的愛裡，感受生命之美

陳瀅如（兒童文學工作者）

日本動物小說之父椋鳩十，創作涵蓋了詩歌、隨筆、大眾小說、民間故事、兒童文學等文學範疇，最喜愛的話語是像風一樣悠然自在的活著。對於不為人所關注、被認為不過是無情鳥獸的動物們，在他筆下化身

為故事主角，自由自在的呼吸，充分展現出自我獨特之處。椋鳩十以平等、尊重的態度與動物對話，傾聽動物心聲，因此故事裡處處可見人類與動物之間的情感交流。

本書中的單腳麻雀媽媽，也跳脫一般對麻雀的固有觀念——弱小、無力、吵雜等印象，總是靜靜勤奮的築巢，具有獨特的審美觀，堅持挑選白色羽毛鋪滿鳥巢，一心只想提供麻雀寶寶舒適環境。在在表現出麻雀媽媽深藏在行動中的愛，因此在悲劇發生的當下，才會單腳站在屋頂悲鳴不已、對留有「偷蛋黑蛇」氣味的鳥巢連一步也走不進去……。麻雀媽媽不屈不撓，不久又開始築新巢、迎接新生命，即便面對恐怖強敵黑蛇，竟忘了自己只有單腳，甚至在擊退強敵後，不顧傷痕累累，急著去為巢中嗷嗷待哺的孩子覓食！

能讓讀者隨著故事情節，心情高低起伏，都得感謝一個機緣，讓椋鳩十走入動物文學世界。在少年雜

誌總編輯須藤憲三的熱情邀稿與激勵下，椋鳩十花了五、六年的時間，徜徉山谷原野，飼養鳥類與小動物，向狩獵好手請教動物特性，走進野性動物的生活中，最終在《少年俱樂部》雜誌發表作品，爾後集結成第一部動物故事集《動物們》（三光社，一九四三），也開創了動物文學的新領域。椋鳩十在序言中提及：

我的故鄉位於長野縣的山林裡，從小到大，與鳥類、各種動物十分親近。近距離與牠們一起生活相處，時時刻刻都充滿感動。我發現牠們並非只在乎「自己的存亡」，而會以自己的方式去守護各自的種族，努力生存至今。我嘗試將這六年來的親身經歷與所見所聞——有關於牠們的勇氣、智慧、愛情等小故事，化作一篇篇文學小品，揭開那封閉的世界，一點一滴的接軌到人類的世界來。衷心盼望閱讀這些故事的您們，除了察覺到：「原來牠們也身處在這樣的世界啊！」同時也親眼發現牠們生活裡的小祕密。

時常有大小讀者來信詢問椋鳩十，究竟那些是不是

真實的故事？椋鳩十表示，他的作品取材自他上山下海、甚至遠赴離島做田野調查的經歷。因此，閱讀椋鳩十的作品，從中可以學習到不說教卻貼近真實的動物生態知識。為了做生態調查，全日本走透透的他，更了解每段生命背後的故事。再加上實際飼養動物後，得知被人類豢養的動物會失去野性，要了解動物生態的原始面貌，唯有自己親眼看到野性的真實樣貌，或直接訪談狩獵好手，別無他法。他為了觀察野狗，連續三年前往孤島。為了進一步了解山豬，他收集多達六十篇故事，才能稍稍歸納出山豬的特性。他更覺察到動物種類銳減，原生林逐漸消失，影響鳥類生態。換言之，人類破壞大自然，也間接破壞人類生存的空間。與大自然共生共存，對他而言是最重要的課題。

椋鳩十童年時候，祖母常在地爐邊說故事給他聽。受到祖母影響，讓他嚮往大自然，體悟到生命的可貴，埋下日後寫動物文學的種子。日後，椋鳩十在鹿兒島

縣立圖書館館長任內推動的「母子二十分鐘閱讀運動」，也與他的童年經驗有關。

在一次接受NHK的訪談中，椋鳩十說明他想透過作品，傳達生物所擁有的力量與生命的尊貴。地球上所有的生物，各有各的天賦能力，人類也是一樣，重要的是要好好思考該如何運用出來。就像單腳麻雀媽媽，展現出的深刻的愛、無以倫比的勇氣，與堅韌的生命力。

國家圖書館出版品預行編目（CIP）資料

單腳麻雀媽媽 / 椋鳩十文 ; 鄭潔文圖 ; 陳瀅如譯. --
初版. -- 新北市 : 步步出版, 遠足文化事業股份有限公司, 2021.01
面； 公分
注音版
譯自 : かたあしの母すずめ
ISBN 978-957-9380-77-5(平裝)

861.596 109017893

單腳麻雀媽媽

かたあしの母すずめ

文 椋鳩十
圖 鄭潔文
譯 陳瀅如

步步出版
社長兼總編輯 馮季眉
編輯總監 周惠玲
總 策 畫 高明美
責任編輯 徐子茹
主 編 許雅筑、鄭倖伃
編 輯 戴鈺娟、陳心方、李培如、賴韻如
美術設計 劉蔚君

出版 步步出版／遠足文化事業股份有限公司
發行 遠足文化事業股份有限公司（讀書共和國出版集團）
地址 231 新北市新店區民權路 108-2 號 9 樓
電話 02-2218-1417
傳真 02-8667-1065
Email service@bookrep.com.tw
網址 www.bookrep.com.tw

法律顧問 華洋國際專利商標事務 蘇文生律師
印刷 中原造像股份有限公司
初版一刷 2021 年 1 月 初版三刷 2024 年 1 月
定價 260 元
書號 1BCI0016
ISBN 978-957-9380-77-5